弾み玉

松尾隆信句集

角川書店

句集・弾み玉

目次

装丁●松尾清隆

句集

弾み玉

テーブルの下

平成二十三年

初詣大切に持つ飴細工

水仙の香のゆきわたる八畳間

悼 宮津昭彦氏

寒灯の都を抜けて通夜の灯へ

寒月に棒立ちの富士ありにけり

悼 長田白日夢氏

夢に降る雪の中へと逝かれけり

寒明け七日カナリアの高音かな

熊の肉喰らへり今日は菜の花忌

爪切りの売られてゐたり農具市

啓蟄の卵をエッグスタンドに
春昼のテーブルの下地震に伏す

海市に非ず建物の上に船
つくしんぼ津波のあとの大地より

ゆるせるうそ許せぬ嘘や田螺鳴く

ゆさゆさと余震ひとひらも花散らず

いぬふぐり斜めばかりの吉野みち

花いまだ西行庵への細き道

松の芯吉野に御所のありにけり
飛花落花すべて醍醐のさくらなる

よなぐもりなまやつはしのにつきの香

根本中堂さへづりの中にあり

花束と栄螺と並び置かれけり

ふらここを八十八夜の母が漕ぐ

龍の落し子のやう五月の空の雲

仮の世の初鰹なり食らふべし

孑孑の逆上がりしてのぼりくる

薔薇の門くぐりて騎士の顔となる

皐月晴白きは那智の瀧ばかり

わがめがねくもりて来たり瀧の前

十津川を呑み込む梅雨の熊野川

さみだれや熊野の巫女は傘ささず

六月二十七日海の家建つる

江ノ島の高きに茅の輪くぐるかな

喜雨すでに橋の半ばを来たりけり

阿修羅像喜雨を見つめてゐるやうな

膝を抱き紅蓮の風の中にかな

水中に泉の泡の影のあり

大西日蛇口大きくひねりたる

待つでなく八月の朝来たりけり

オランダ　八句

オランダの八月幼とまづ握手

プールの底のおのが影へと潜りゆく

種牛の肩隆々と晩夏かな

おーいかもめよ立秋の船にわれ

チーズ市へ西瓜の前を通り抜け

羊来て林檎いろづく下を食む

露の野のふんころがしとなり行けり

オランダの空や鯖雲ひつじ雲

涼あらたなり電灯の紐の影

桃の皮むくや水平線に島

台風の居据つてゐる沼空忌

一本のおしろいばなの間口かな

門に朝のかまきり立ちてをり
ももいろの花に会ひたる芒原

豊の秋鴉のゐないからすの巣

富士に初雪てのひらに何もなし

仙台

露の灯のむかうの闇は津波跡

片髭のなまづ寄り来る草紅葉

秋しぐれ尾鰭のながき錦鯉

雑巾を固くしぼりて冬に入る

十月桜十一月を咲き続く
神留守の青空を瀧落ちにけり

かの小唄久しく聴かず花八つ手

木枯や眼鏡の奥の誓子の目

ふろしきを冬夕焼にひろげたる
熊穴に入りたる後の噴火口

マンホールの底を動く灯もがり笛

梟や水に木の影星の影

パン屋まで火事の匂ひの流れ来る

母と児の傘ひらきたる冬の雨

歌舞伎の雪

平成二十四年

あたたかき三輪さうめんや初詣

初春や歌舞伎の雪は正方形

竹馬の前髪に風立ちにけり

風邪癒えきたる誕生日近くなる

寒濤の独擅場の一礁《いくり》

鼻先に星の匂へる春隣

薄氷が岩を離るる山上湖

悼　天野分水氏

白梅やひとりでもどる葬のあと

散髪にゆく剪定の音の中
三月の一日生まれのかんな屑

龍天に登り象形文字となる
辛夷咲きそむ彫刻の森美術館

鳩小舎の跡の平らや春の月

誓子忌の春雪の富士なままなまし

はつ桜風吹き抜けてゆくばかり
鴉来て止まる桜のくろき枝

とんかつの音立てて来る春の昼

平らかな胸を甘茶の流るるも

雲中のさくらの濡るる強羅かな

サッカーボール八十八夜の玄関に

風少しあるや立夏の満月に
さねさしさがみ筍を積み上げて

祭笛玻璃戸ひらけば人声も

ところてん喉にさざなみ立ちにけり

虎の尾の三本白き川原かな

目も口もきらりきらりと蛇の衣

ほうたるの闇は河鹿の闇にして
螢火の消ゆる時なりみな消ゆる

水中に揺れてゆがむも誘蛾灯

隠岐　七句

港まで植田の蛙聴こゆなり

緑滴る隠岐へと船の戻りくる

今年竹隠岐はここにも土俵あり

牛は今反芻のとき隠岐あざみ
引き汐の岩窪に牛冷やさるる

びつしりと十薬の花後鳥羽陵

夜光虫舟が動けば動き出す

フランクフルト

伸びやかにゲーテ生家の凌霄花

立ち机

凌霄花ゲーテは立ちて詩を書けり

グリム《ハーナウ》兄弟生まれし街や青胡桃

チューリンゲンの森の大きなかたつむり

イルム川

ワイマールひとすぢほそき秋の川

爽涼やゲーテの顔のやうな雲

秋霞アウトバーンを西へ行く

梨を剝く汁のしたたる山上湖

金風の膝に乗り来る少女かな

この先はがれ場ままこのしりぬぐひ

嘶きはロバにもありて吾亦紅

初もみぢ水の上には風の道

澄む秋のさらなる上を雲流れ
木犀の匂ひの中の石を彫る

秋雲のひとひらもなき窓となる

いわし雲ひろがり来たり検査待つ

冷ややかや部分麻酔の針痛し
胸元に青きハンカチ鵙日和

色変へぬ松石垣は石の色

くるぶしを見せて人斬る村芝居

どんぐりころころ休診の札掛かる

立冬の壺のみを置き何も挿さず

翁忌の肉を置きたるフライパン

その先の先に御巣鷹冬もみぢ

しぐるるや桑摘爪の赤き錆

美雪七歳

七五三大きな傘をさしかくる

白一色弁財天も綿虫も

冬北斗最後の叔父の逝かれけり

踏切の正面に富士クリスマス

冬木の芽子の新しき戸籍成る

年の暮家族となりし人と座す

風花の父母の墓へとまうでけり

除夜の句へ除夜の手燭を近々と

三木半旅館　誓子の色紙〈除夜零時過ぎてこころの華やぐも〉

みどりご

平成二十五年

去年今年夢の中にも鳥居かな

ゆつたりとゆく元日の渡月橋

二日はや肩に埃の増長天

探梅のここからの富士隠れなし

下萌やひらりと落ちし一硬貨

によつぽりと旧正月の初日出づ

コーヒーにミルクの渦や玉椿

薄氷をつつきて鯉の真白なる

立子忌は雛まつる日よ夕日差

止り木に春のコートを脱がぬまま

春泥へころがり出でし馬穴かな

つくしん坊鯛のさしみの脇にあり

鳥かへる馬の額に白き星

男立ち女は屈み桃授粉

あたたかやそれぞれの田の土の色

山笑ふなり山彦を返しては

赤ちゃんの瞳の中を耕耘機

上野

観音堂下りて花の弁天堂

花明り稚児のはちまき濃むらさき

ポケットの鈴鳴る桜吹雪かな

二十年に一度の三ッ山大祭

三つ山立てて姫路の春まつり
初島のまへ魚島が盛り上がる

行く春や弁当箱に梅の種

うみどりの鋭き声や鯉幟

明日舁《か》く御輿の前にどかと酒

かの栗毛ことに荒るるや加茂祭

嵐山扇流るる祭かな

十薬やぬるき出湯にながながと

枇杷の種枇杷の皮ある白磁皿

父の日の水族館のおにをこぜ

焼き杉の家並涼しき伏見かな

悼 村上護氏 二句

君送る白雲木の緑蔭に

四万十川《しまんと》の夜涼を酌みし護逝く
睡蓮を背鰭の過ぎてゆきにけり

百態の石置く石屋蟬時雨

河童忌も不死男忌も過ぎただ暑し

絵日記の色鉛筆の青涼し

雪渓をつまみし指の汚れかな

ひたすらに毛虫の走る石の上

この席は花火半分のみ見ゆる

山風のごときビル風秋立てり

長崎忌夜具けとばしてゐたりけり

けん玉のふはりと乗れる終戦日

ひらひらと女が通る残暑かな

生くるとは水を飲むこと生御魂

白波や処暑を過ぎたる岩を引く

竹の春五千石忌の風立ちぬ

百円を入れて鐘撞く稲の花

白萩の根方に斧の置かれある

露の世の伸びたる爪を切りにけり

実朝の海へ石榴の裂けにけり

弟の来て食べてゐる秋茄子

秋灯下先師の読みしゲーテ読む

目も口も顔より大き赤蜻蛉

竹箒の音より木の実ころげ出る

母の忌の鶏頭のみの咲ける寺

椎の実のしきりにかかる投網かな

水色に秋霞して武甲山

蕎麦捏ねる窓に降り来る秋の蝶

ほたほたと柿落ちてをる奥秩父

困民党の地の無患子《むくろじ》の手に固し

十月十一日　孫・和希誕生

呱呱の声紫苑の空に雲一朶

薔薇園の十一月の風の音

小六月鍵束に鍵一つ足す

さざんくわの白きは白くちりにけり
鰭酒のひれの一枚沈みをる

冬もみぢ播磨の墓はみな白し

叔父一周忌

熊穴に入るころなるや納骨す

初穂料一覧を貼る年用意

みどりごのみひらくまなこもがりぶえ

真裸の木も素裸の樹も除夜の闇

ふたたびの

平成二十六年

雑煮餅伸ばしにのばす七歳児

京　吉田神社

こけら葺屋根に鳴きける初烏

和希　はじめての正月

初泣きのたちまち笑ひ初めにけり

智恵の輪のはらりと解けし七日かな

冬星の大三角形わが生まれし日

星近くなる寒栄螺二個を食べ

シリウス煌々食初めの小さき箸

手品師の胸にとびつく春の雪

下萌を踏みて赤子にあひにゆく

五千石句碑〈山開きたる雲中にこころざす〉移設

春雪富士へふたたびの句碑開き

堰抜けてより早春のまろき泡

瀧の裏へと観梅の径のあり

火のたてがみを立てお松明走る

良弁杉修二会の闇を聾ゆなり

二月堂の声明きこゆわらび餅

渋皮の剝けたるやうに春の月

悼 石橋まさこさん

死顔に少し触れ置くヒヤシンス

二人のベンチ一人のベンチ花明り

悼　淀縄清子さん

天窓に降る春星となられけり

あをざめて咲く真白のさくらかな

仏生会寝返りをして見せる稚《やや》
満開の花は志功のをみなかな

蝌蚪すべて隠れてしまふ泥煙

悼　渡辺徳子さん

夫を詠み春雪を詠み逝かれけり

さくらさくらさくらをスイッチバックかな
公園の端まで駈けてふらここへ

アネモネの花芯は黒し昼の月

鼻先に焦げ臭き蜂来たりけり

わたつみへ垂るる八丈島の藤
八丈の家は高床君子蘭

海へ向く為朝神社春驟雨

人住まぬ八丈小島おぼろなり

乳母車祭ばやしの方へ押す

じやがいもの花のかこめる古墳かな

割箸の素直に割るる梅雨入かな

六月十一日　倉田紘文氏逝く

君逝かれけり蕗の葉の青々と

桑の葉の裏に小さきかたつむり

人の上を人行く棚田皐月晴

サングラス色のかもめとなりにけり

夏木立その影に入り指す梢

祭鱧草履を脱ぎて運びくる

住所録に書き足す一人青ぶだう

不死男忌の近づく泥鰌鍋と酒

姫路城　修復なり姿をあらはす

白南風へ白立ちあがる天守閣

姫路文学館

つぎつぎと白雨の水輪つぎつぎと

われら披露宴の邸　文学館内に四十三年前のままあり

婚あげし座敷に今も蟬の声

涼風や水琴窟と耳の穴

樺の木と樺の木結ぶハンモック

炎熱の岩に石置く草田男忌

立ちしまま食ぶるまつ赤のかき氷

空蟬の背中刃物の臭ひかな

遠花火夜具ととのへてゐたりけり

ことさらに吹かれ吹かれて牽牛花

俳人協会玄関ホール西瓜の句

八月二十二日松崎鉄之介氏逝去　二十六日通夜

通夜へ吹き来る爽涼の松の風

かなかなやだあれもこない招き猫

山頂へ吹く風にのり霧がくる
蔵王嶺に銀河と立ちてゐたりけり

蓑虫と大国主命かな

摩天楼ばかりとなれり雁渡し

鯊日和一寸法師釣られけり

露けしやあしなが募金の女学生

十月のひかりあまねし大砂丘
からす瓜とどまつてゐる飛行船

富士よりも大きな南瓜置かれけり

やや寒の刃先吸ひつく砥石かな

秋耕のあたらしき畝星出づる

次の鳥来る南天のまつかな実

わが顔のスプーンに伸びる冬麗

吾輩は洗ひ晒しのちゃんちゃんこ

長崎空港

着陸の枯芝見えて来たりけり

櫓枯れ大村湾は鏡凪

長崎にチャンポンを食ふ一葉忌

五島列島　三句

冬を咲く五島椿の並木かな

断崖の先端枯るる大瀬崎

あをきまま島山眠る五島灘

富士日和洗ひ上げたる葱の束

児の頭ほどの鬼柚子冬至風呂

遠き帆は誓子や雪の剣ヶ峰

歳晩の赤穂の雨を飛ぶ雀

播磨路や枯れて散らざる柏の葉

ふるさとのもろみを箸に年送る

山洗ふ雨

平成二十七年

初富士や渾身で立つ一歳児

粥の七草ほんのりとほのぼのと

てのひらのはなびらもちは母のやう

小寒の車窓に映る腕時計

大いなる雪片が降る鼻の上

につぽんの鯛焼といふさかなかな

足音を受けとめてゐる寒牡丹

悼　上田霞さん（上田五千石御令室）

寒霞して君送る富士の嶺

俳号は持たぬままなり豆を撒く

立春の鉄棒素手を以てつかむ

水色の洗濯ばさみ若布干す

三月へひらけば灯る冷蔵庫

雛の手の穴へと笛を差し入れる
水ぐるまさらに濡れよと春の雨

髪染めし妻初蝶と戻り来る

飯蛸や讃岐うどんはぶつかけで

げんげ咲くこの国道に君逝けり

鈴の音に菜の花蝶と化しにけり

河馬を沈めて東京の水温む

百千鳥わが彳《た》つ上をその一羽

父子草母子草より小さくて

夏に入る白き花咲く百人町

鯉のぼり投票所へと泳ぎ行く

一輪の薔薇捺印のごとひらき

スイッチバックの車掌駆け足青嵐

みどりごの素手のつかみし豆御飯

叔母の通夜へと麦秋の東海道

播州の通夜に緑雨の降り出せり

若葉若葉いてふの乳房かくれなし

乱鶯の鎌倉宮となりにけり

土牢の前あぢさゐの毬低し

紺碧のままの螢の夜となる

西国の古墳のほとり余り苗

ひらきつつ木蔭を出づる日傘かな

大工来てかたつむり手に載せにけり

薫風や海老透き徹り身を反らす

形代にわが全身の息を吹く

ひまはりや濡れ縁に置く道具箱

捕虫網橋を渡りて行きにけり

七月二十四日正午　大祭終了

大祭の終りし恐山に着く

太藺咲く賽の河原の水溜り

骨片のやうな石積む炎天下

恐山みな瑠璃色の糸蜻蛉

七月のまつかなもみぢ恐山

恐山のいたこよ明日は不死男忌よ

雨太き下北半島花さびた

旧金木村

青田青田青田を津軽の水走る

七月をたんぽぽの架斜陽館

海からの風へ逆立ち水着の児

扇風機と向きあつてゐる招き猫

網戸よりほろりと落ちしあぶら蟬

草田男忌篩の下に積る土

灯籠を流して水に触るる指
をみなへし花のまん中濃かりけり

芦ノ湖の渚のほかはすべて霧

二歳児へ押し出し見する衣被

新松子五千石忌のあをぞらに
赤まんまふぐり持つ子と持たぬ子と

箱をひらけば鈴虫の闇消ゆる

永平寺口稲刈機に立つ男

竹の春竹人形の香具夜姫

稲を刈る加賀から稲を刈る能登へ

秋の浜からすの嘴に白き魚

澄む水の澄む音立てて流れけり

朝露の大きくまろき湖畔かな

落し水ときに魚影をこぼしけり

地図を展けばたちまちに葛嵐

雀蛤となりて杓子に乗りにけり

人生に旬のときあり秋薔薇

悼 いのうえかつこ氏

北斗星流星ひとつ君ならむ

日にぬくきおしろいの種採る児かな

句碑〈冬桜わがたつかぎり散りてをり〉建立

わが句碑に紅葉かつ散る阿夫利山

山洗ひ句碑洗ふ雨冬桜

冬の灯となりて河口にかかる橋

蓮枯るるピカソの青の水がある

針金の輪の錠外し霜畑

懸大根昨日掛けたる今日の色
海を向くベンチの上の雪だるま

ももいろのなるとの渦のおでんかな

背すぢより何か抜けゆく日向ぼこ

岡山後楽園

みなみ向く白き障子の十二枚

丹頂の後楽園を出でず飛ぶ

十歳の少女の胸に柚子湯の柚

岩鼻にある残照や年の果

龍の玉人にやさしくなる齢

弾み玉　畢

あとがき

『弾み玉』は、『美雪』に続く私の第八句集である。六十歳代後半に発表した二千句程の中からの三百七十五句である。

十代から四十代の句を収めた四冊を「春の巻」とするならば、この句集は五十代からの「夏の巻」の最後、起承転結でいえば「結」となる。

先の句集では、オランダで育つ孫娘と年に二回の交流を持つようになった新しい生活サイクルの中での句作であった。今回はこれに、国内での孫の誕生が加わったのが私自身には大きな変化であった。大津波、放射能汚染といった災禍に日本がみまわれ、オランダの家族が訪日を見合わせた年からこの句集ははじまる。

弾み玉とは、龍の玉のこと。広辞苑には「青色・球状で、よく弾むので『はずみ玉』といい、子供がもてあそぶ」とある。しかし、弾み玉を龍の玉の傍題としている歳時記は意外に少ない。

オランダの孫と日本の孫は、年に一度程しか会えないが、会った時の二人は、弾み玉のように跳ねはじける。この句集の主役は、この孫達である。成長して止まない二つの小さな命から得た力に感謝している。龍の玉は、深く蔵する玉であるとともに、あかるく弾む童心の玉でもある。人生の秋、俳句の秋を、冬に至って人を楽しませる弾み玉のごとく志を深く蔵して進めればと思う。

松尾隆信

平成二十八年　地蔵盆

著者略歴

松尾隆信　まつお・たかのぶ

昭和二一年一月一三日　姫路市に生まれる
昭和三六年九月　「閃光」に入会
昭和四二年二月　「閃光」新人賞次席　同誌まもなく廃刊
以後、「七曜」を経て「天狼」「氷海」に所属
昭和五一年八月　「畦」に入会　上田五千石に師事
昭和五三年四月　「畦」同人
昭和五七年一一月　「畦」新人賞受賞
平成一〇年一月　俳誌「松の花」創刊
［著書］句集に『雪溪』（昭和六一年）『滝』（平成四年）『おにをこぜ』（平成七年）『菊白し』（平成一四年）『はりま』（平成一八年）『松の花』（平成二〇年）『美雪』（平成二四年）『現代俳句文庫・松尾隆信句集』（平成二五年）『自註現代俳句シリーズ・松尾隆信集』（平成二七年）。他に『知っておきたい法人税の常識』（平成一一年　現在第一六版）
現在「松の花」主宰、公益社団法人俳人協会評議員、日本文藝家協会会員、国際俳句交流協会会員、横浜俳話会参与
現住所　〒二五四―〇〇四六　神奈川県平塚市立野町七―九

句集　弾み玉　はずみだま

初版発行　2016（平成28）年10月11日

著　者　松尾隆信
発行者　宍戸健司
発　行　一般財団法人 角川文化振興財団
〒102-0071 東京都千代田区富士見1-12-15
電話 03-5215-7819
http://www.kadokawa-zaidan.or.jp/
発　売　株式会社 KADOKAWA
〒102-8177 東京都千代田区富士見2-13-3
電話 0570-002-301（カスタマーサポート・ナビダイヤル）
受付時間　9:00 〜 17:00（土日　祝日　年末年始を除く）
http://www.kadokawa.co.jp/
印刷製本　中央精版印刷株式会社

 ISBN978-4-04-876412-4 C0092

角川俳句叢書　日本の俳人100

青柳志解樹
朝妻　力
有馬朗人
安西　篤
伊丹三樹彦
伊藤敬子
伊東　肇
井上弘美
猪俣千代子
茨木和生
今井千鶴子
今瀬剛一
岩岡中正
大石悦子
大牧　広
大峯あきら
大山雅由
小笠原和男
奥名春江
落合水尾
小原啄葉
恩田侑布子
甲斐遊糸
柿本多映
加古宗也
柏原眠雨
加藤憲曠
加藤耕子
加藤瑠璃子
金箱戈止夫
金久美智子
神尾久美子
九鬼あきゑ
黒田杏子
阪本謙二
佐藤麻績
塩野谷　仁
小路紫峡
鈴木しげを

千田　一路
高橋　将夫
田島　和生
辻　恵美子
坪内　稔典
出口　善子
手塚　美佐
寺井　谷子
中嶋　秀子
名村早智子
鳴戸　奈菜
名和未知男
西村　和子

能村　研三
橋本　榮治
橋本美代子
藤木　倶子
藤本安騎生
藤本美和子
文挾夫佐恵
古田　紀一
星野　恒彦
星野麥丘人
松尾　隆信
松村　昌弘
黛　執

岬　雪夫
宮田　正和
武藤　紀子
本宮　哲郎
森田　峠
山尾　玉藻
山崎　聰
山崎ひさを
柚木　紀子
依田　明倫
若井　新一
渡辺　純枝
ほか

（五十音順・太字は既刊）